ÉPITRE

AUX MUSES.

DE L'IMPRIMERIE DE J. TASTU,

RUE DE VAUGIRARD, N.° 36.

Épître

AUX MUSES

SUR

LES ROMANTIQUES.

Par M. J.-P.-G. Viennet.

A PARIS,

CHEZ LADVOCAT, LIBRAIRE

DE S. A. S. MONSEIGNEUR LE DUC DE CHARTRES,

PALAIS-ROYAL, GALERIES DE BOIS, NUMÉROS 195 et 196.

MDCCCXXIV.

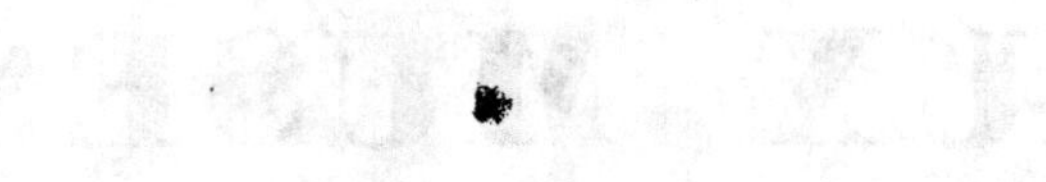

ÉPITRE

AUX MUSES.

Allons, Muses, debout ; faisons du romantique ;
Extravaguons ensemble , et narguons la critique.
Livrons-nous sans réserve aux élans vagabonds
De ce feu créateur, qu'en ses gouffres profonds
D'un cœur impétueux nourrit l'indépendance.
Mon vigoureux génie , enfant de la licence ,
S'indigne des liens qu'au langage des dieux
Imposa trop long-temps un goût injurieux.
Que la raison, fuyant aux accords de ma lyre ,
De mes sens emportés respecte le délire.
Ma pensée est captive en ce vaste univers :
Lançons-nous dans le vague ; et qu'au bruit de mes vers
Jaillissent au hasard sur la terre éblouie
Des torrens de lumière et des flots d'harmonie.
   Quoi ! vous me regardez ! et vos yeux secs et froids
Semblent me demander si je parle iroquois !
Vous ne comprenez pas ces figures sublimes !
Nos grands auteurs pour vous sont donc des anonymes !
A douze éditions leurs vers sont parvenus ,
Et leurs noms immortels ne vous sont pas connus !

Dormez-vous sur le Pinde ! et faut-il que j'explique
Ce qu'on nomme aujourd'hui le genre romantique ?
Vous m'embarrassez fort ; car je dois convenir
Que ses plus grands fauteurs n'ont pu le définir.
Depuis quinze ou vingt ans que la France l'admire,
On ne sait ce qu'il est ni ce qu'il veut nous dire.
Staël (1), Morgan et Schlégel.... ne vous effrayez pas,
Muses, ce sont des noms fameux dans nos climats,
Chefs de la propagande, ardens missionnaires,
Parlant le romantique et prêchant ses mystères.
Il n'est pas un Anglais, un Suisse, un Allemand,
Qui n'éprouve à leurs noms un saint frémissement.
Quand on sait l'esclavon, l'on comprend leur système ;
Et s'ils étaient d'accord je l'entendrais moi-même ;
Mais un adepte enfin m'ayant endoctriné,
Je vais dire à peu près ce que j'ai deviné.

   C'est une vérité qui n'est point la nature ;
Un art qui n'est point l'art, de grands mots sans enflure ;
C'est la mélancolie et la mysticité ;
C'est l'affectation de la naïveté,
C'est un monde idéal qu'on voit dans les nuages :
Tout, jusqu'au sentiment, n'y parle qu'en images.

---

(1) Je n'attaque en rien le mérite de Madame de Staël, je rends
hommage à son génie ; j'honore sa mémoire, et ne la considère ici
que comme une des plus ardentes instigatrices d'un genre de littérature que repousse la sévérité du goût français.

C'est la voix du désert ou la voix du torrent,
Ou le roi des tilleuls, ou le fantôme errant,
Qui, le soir, au vallon, vient siffler ou se plaindre,
Des figures enfin qu'un pinceau ne peut peindre.
C'est un je ne sais quoi dont on est transporté ;
Et moins on le comprend, plus on est enchanté.
    J'en ai fait l'autre jour une épreuve cruelle :
J'étais dans un salon, dont la dame encor belle
Depuis dix ou trente ans tient un bureau d'esprit,
Et fait de nos auteurs la gloire ou le crédit.
Un essaim de beautés réfléchi par vingt glaces,
Étalait à l'envi ses attraits et ses graces ;
De leurs riches atours les yeux étaient charmés.
Le cercle était brillant et des plus renommés :
Un auteur romantique en faisait les délices.
C'était un beau jeune homme, une tête à caprices ;
Son front à demi chauve, et le désordre heureux
Où tout l'art d'Hippolyte avait mis ses cheveux,
Son cou penché, son air tendre et mélancolique,
Ses yeux à peine ouverts, et son regard oblique,
Tout en lui décelait une peine de cœur,
Que de son teint fleuri démentait la fraîcheur.
En Talma tout-à-coup mon homme se dessine ;
Et s'arrachant les vers du fond de la poitrine,
Sa languissante voix, en accens douloureux,
Psalmodie un poëme en l'honneur de nos preux.
C'était un feu roulant d'énigmes, d'hyperboles.
Je cherchai vainement le sens de ses paroles,

Et crus que mes voisins allaient être indignés
Des bulles de savon qu'il leur jetait au nez.
Ce furent des bravos, des transports, des extases.
La beauté se pâmait en répétant ses phrases ;
Et quand il eut fini de les faire claquer,
Aucun des auditeurs ne sut les expliquer.
Je ne sais, disaient-ils ; mais quels vers, quelles rimes !
Tout est beau, tout est grand ; tous ses mots sont sublimes !
C'est là du romantique ; il est charmant, divin !
Cet auteur doit prétendre au plus noble destin.
Je voulus sur un vers essayer ma critique ;
Je fus apostrophé du surnom de classique ;
Et de cette hérésie atteint et convaincu,
Sous ce nom flétrissant je restai confondu.
 Ne me citez donc plus Voltaire ni Racine.
Ils n'avaient point reçu l'influence divine ;
Ils parlaient comme on parle ; et leur style bien net
Peignait le cœur humain, comme Dieu l'avait fait.
Cette erreur a fini, comme leur renommée.
Leur immortalité vient d'être supprimée ;
Et c'est de Lilliput que l'arrêt est daté.
Il faut voir de quel air Despréaux est traité:
Ce rimeur, se traînant dans l'ornière d'Horace,
Prétendait à son tour régenter le Parnasse,
Aux lois du sens commun soumettre l'art des vers ;
Limiter le génie et lui donner des fers.
Le romantique est libre et se moque des règles.
Les chaînes, les barreaux sont-ils faits pour les aigles ?

C'était bon pour Racine et tous les beaux-esprits,
Que l'hôtel Rambouillet a justement flétris.
Aussi qu'a-t-il produit? *Andromaque*, *Athalie*;
Un style fatigant par sa monotonie;
Point de verve, d'élan; rien qui vise à l'effet.
Voltaire s'est permis de le trouver parfait.
Hélas! qu'en savait-il, lui qui rimait à peine?
Les vers trop aisément s'échappaient de sa veine.
Le style de sa prose est trop simple et trop clair.
Ses histoires, d'ailleurs, sont des contes en l'air.
Regnard fait rire encor la vile populace;
Mais sa plaisanterie est de mauvaise grâce.
Jean-Jacques, trop diffus, manque de profondeur.
Fénélon est sans nerf, sans pompe, sans couleur.
Corneille, que soutient une vieille énergie,
S'il n'était inégal n'aurait point de génie;
Et Molière lui-même eût été réformé,
Si le Welche et l'Anglais ne l'avaient estimé.
De ces arrêts en vain notre raison murmure;
Nous sommes les ultras de la littérature;
Et, comme en tous pays les ultras sont des fous,
Dans Paris, sans façon, l'on se moque de nous.

Muses, à mes dépens je ne veux plus qu'on rie;
Et vous m'inspirerez suivant ma fantaisie.
Si vous dictez un vers qui ne sente l'effort,
Et qu'avant d'applaudir, on comprenne d'abord,
Je le mets au rebut comme un vieil invalide.
Je veux du clair obscur, du nébuleux limpide,

De ces mots qu'à Ronsard inspirait Apollon.
C'est le goût de mon siècle, et qui paie a raison.
Je veux que l'on m'achète, et surtout qu'on m'admire.
De l'office au boudoir, je veux me faire lire;
J'entends que mon libraire élève mes écrits
A treize éditions, dussé-je en payer dix.
Je prétends qu'à tout prix on me fasse une gloire;
Que dans tous les journaux on chante ma victoire.
J'ai la marotte enfin d'aller à l'Institut;
Et, hors du romantique, il n'est plus de salut.
　　Suivez donc mes conseils, ou désertez l'Europe.
Je commence par toi, superbe Calliope,
Muse de l'épopée, et qui, jusqu'à ce jour,
N'as trouvé qu'un Français digne de ton amour.
Console-toi; mon siècle aura plus d'un Homère.
Nous sommes quinze ou vingt qui cherchons à te plaire.
Par mon ingrat pays, fut en vain adopté
L'arrêt que Malezieu contre nous a porté.
Avant que dix moissons dans nos champs soient coupées,
Mon pays subira quinze ou vingt épopées.
J'en fais deux pour ma part; et, quoique les journaux
N'aient point à l'univers annoncé mes travaux,
Que, n'ayant point encor des prôneurs à ses gages,
Ma Minerve dans l'ombre ait tramé ces ouvrages,
Je veux au romantique en devoir le débit;
Et que tous mes rivaux en crèvent de dépit.
Ne m'inspire donc rien qui sente l'Enéïde,
L'Homère, l'Arioste, ou le chantre d'Armide.

Le vieux goût les infecte ; ils ont trop de raison,
Je ne veux imiter que le sombre Milton,
Milton seul est poëte ; un Journal le déclare :
C'est en vain que Dryden l'a traité de barbare.
Voltaire vainement nous répète vingt fois
Que, sur ses douze chants, on peut en lire trois ;
Que le reste est absurde et plein d'extravagances,
Grossier, bizarre, obscur, chargé d'invraisemblances ;
C'est par là qu'il nous plaît ; l'ombre sert aux tableaux ;
Verrait-on ses beautés, s'il n'avait des défauts ?
C'est en extravaguant qu'on est vraiment épique ;
Et moins on a de goût, plus on est romantique.

Pour toi, douce Erato, si tu tiens à Parny,
Si Dufrénoy te plaît, ton empire est fini.
Des sentimens du cœur ne sois plus l'interprète ;
La sensibilité n'est plus que dans la tête.
Le siècle n'est pas tendre, il n'est que vaporeux ;
Quand on est romantique on n'est point amoureux.
Au pied des vieux châteaux et des vieux monastères,
Chante en vers ampoulés des maux imaginaires,
Fais soupirer les bois, les rochers et les fleurs ;
Mais ne soupire pas si tu veux des lecteurs.

Laisse pleurer Thalie, on lui défend de rire ;
De nos mœurs trop long-temps elle a fait la satire ;
Elle frondait le vice, et croyait bonnement
Que les sots étaient faits pour son amusement.
Quelque puissant du jour pourrait s'y reconnaître ;
Le public en rirait, cela ne doit pas être.

Mais Thalie à son gré prendra ses libertés
Dans le cercle amusant de nos infirmités.
Qu'un aveugle, un boiteux, un sourd, un cul-de-jatte,
Un héros, dont le cou se perd sous l'omoplate,
Dans un drame bien noir s'introduise à propos ;
Le parterre attendri poussera des sanglots.
Peut-être direz-vous, qu'en adoptant les larmes,
La joyeuse Thalie a perdu tous ses charmes ;
Qu'autrefois chaque muse avait son genre à part.
C'est ainsi que pensaient et Molière et Regnard ;
Mais notre romantisme a brisé ces barrières,
Confondu tous les goûts, les styles, les manières.
Nos comiques du jour veulent toucher le cœur.
Lachaussée, auprès d'eux, était un vrai farceur ;
Et, si le goût anglais envahit notre scène,
Nous irons quelque jour rire avec Melpomène.

Shakspear est dans ce genre un poëte sans prix :
Quelle variété règne dans ses écrits !
C'est tour à tour Sophocle, et Térence, et Paillasse ;
Nul ne fait mieux que lui parler la populace,
Ne passe avec plus d'art du sublime au bouffon.
Rien n'est plus amusant que l'Eschyle breton ;
Il nous porte à son gré du Tibre à la Tamise,
Du Nil au Capitole et de Chypre à Venise,
Mêle aux discours des rois les lazzi des manans ;
Confond les savetiers avec les conquérans ;
Et des trois unités méprisant l'hérésie,
Mettrait le monde entier dans une tragédie.

L'Allemagne est encore un sol miraculeux.
Son théâtre est fertile en auteurs nébuleux.
Un classique rira de leur style emphatique,
Et du fatras pompeux de leur métaphysique.
Peut-être dira-t-il qu'aux plus mâles beautés
Ils mêlent du pathos et des absurdités ;
Que l'amour dans leurs vers est un dévergondage ;
Que chez eux les héros font du marivaudage.
Eux seuls sur le théâtre ont porté la terreur.
Qui n'a point lu Schiller ne connaît point l'horreur
Du tragique bourgeois il est le vrai modèle :
De sa plume de fer le vitriol ruisselle.
S'il n'agit sur les cœurs, il agit sur les nerfs.
C'est un vrai cauchemar qu'on a les yeux ouverts :
Il suffoque ; et malheur aux petites maîtresses,
Qui voudraient sans éther assister à ses pièces !
    Mais si parmi les Goths, les Pictes, les Teutons,
Nos rimeurs aujourd'hui vont prendre des leçons.
Que nos historiens n'en suivent point la trace,
Et des Anglais surtout n'imitent point l'audace.
Avec trop d'équité jugeant les souverains,
D'un œil trop philosophe ils ont vu les humains.
Avec trop de raison leur histoire est écrite ;
Ils suivent de trop près Tite-Live et Tacite.
Nous faisons beaucoup mieux ; et malgré les jaloux,
La prose romantique a surgi parmi nous.
En vain de ses écrits Walter Scott nous inonde ;
Nous divaguions en prose avant qu'il fût au monde.

Le style romantique a dès le consulat
Ouvert l'académie et le conseil d'État.
On en fit des sermons et des réquisitoires ;
On en fit des romans, on en fit des histoires ;
Et la gauche et la droite, adoptant ce jargon,
En font à la tribune au nez de Cicéron.
Je ne veux point ici blesser la modestie
Des prosateurs fameux qu'admire ma patrie;
Mais je loûrai leur style et leurs descriptions,
La grâce et la clarté de leurs inversions,
Le fracas de leurs mots, et ces phrases sublimes,
Qui, pour être des vers, n'ont besoin que de rimes.
Un Boileau n'y verrait que du bruit, du clinquant;
Mais tout, jusqu'à leurs points...., m'en paraît éloquent.
Vous me direz en vain que ce genre est bizarre ;
Qu'il infesta Paris d'une école barbare ;
Que, le maître excepté, ces nouveaux Lycophrons
Devraient tenir séance aux petites-maisons ;
Que, ne pouvant du maître imiter le génie,
A défaut de sa verve, ils ont pris sa manie ;
Que, pour être immortel, il faut du sens commun,
Et que les temps futurs n'en connaîtront pas un.
Que nous fait l'avenir, si nous vivons célèbres;
Si le siècle applaudit nos œuvres des ténèbres ;
Si nos contemporains, sur la foi des journaux,
Nous prennent bêtement pour des soleils nouveaux;
Si, courbés sous le poids des honneurs littéraires,
Nous voyons, l'or en main, accourir les libraires ;

Si , grâce à nos patrons, la cassette du roi
Nous paie en bons louis nos vers de faux aloi ?
Irai-je démentir et la cour et la ville ,
Traiter tout un public de dupe et d'imbécille ?
J'aime mieux me moquer de la postérité ,
Escompter en lingots mon immortalité.
L'argent et les honneurs valent mieux que la gloire :
Il faut soigner sa vie et non pas sa mémoire.
Que m'importe après tout que mon pays ait tort ?
Qu'ai-je à faire d'un nom cent ans après ma mort ?
Que me sert d'enrichir l'éditeur de mes œuvres ,
Si j'ai toute ma vie avalé des couleuvres ?
Redresse qui voudra les erreurs des mortels !
Je cède au vent qui souffle ; et comme tels et tels ,
J'aime mieux être enfin un seigneur en nature ,
Un Chapelain vivant, qu'un Homère en peinture.